Le mystérieux chevalier

L'auteur : Mary Pope Osborne a écrit plus de quarante livres pour la jeunesse récompensés par de nombreux prix. Elle vit à New York avec son mari, Will, et Bailey, un petit terrier à poils longs. Tous trois aiment retrouver le calme de la nature, dans leur chalet en Pennsylvanie.

L'illustrateur : Philippe Masson, né à Rennes en 1965, est issu d'une famille de marins bretons. Actuellement, il vit à Tours avec son amie et ses deux enfants, Lucas et Mona. Il réalise également les dessins de la série Le château magique aux Éditions Bayard.

À Nathaniel Pope.

Titre original : *The Knight at Dawn*
© Texte, 1993, Mary Pope Osborne.
Publié avec l'autorisation de Random House Children's Books,
un département de Random House, Inc., New York, New York, USA.
Tous droits réservés.
Reproduction même partielle interdite.
© 2009, Bayard Éditions
© 2005, Bayard Éditions Jeunesse
© 2002, Bayard Éditions Jeunesse pour la traduction française
et les illustrations.

Conception et réalisation de la maquette : Isabelle Southgate.
Colorisation de la couverture, illustrations de l'arbre, de la cabane
et de l'échelle : Paul Siraudeau.

Loi n° 49 956 du 16 juillet 1949
sur les publications destinées à la jeunesse.
Dépôt légal : août 2005 – ISBN : 978 2 7470 1835 7
Imprimé en Allemagne par CPI – Clausen & Bosse

La Cabane Magique

Le mystérieux chevalier

Mary Pope Osborne

Traduit et adapté de l'américain
par Marie-Hélène Delval

Illustré par Philippe Masson

DIX-HUITIÈME ÉDITION

bayard jeunesse

Le mystère de la Cabane magique

Entre vite dans l'étrange cabane du bois de Belleville !

C'est une cabane magique avec des livres, beaucoup de livres...
Il suffit d'en ouvrir un, de prononcer un vœu et aussitôt te voilà propulsé dans les mondes d'autrefois.

N° 1, La vallée des dinosaures

N° 2, Le mystérieux chevalier

N° 3, Le secret de la pyramide

N° 4, Le trésor des pirates

Tu vas vivre des aventures

passionnantes !

Reste à découvrir

qui est le mystérieux propriétaire de la Cabane magique...

Dans chaque livre, tu trouveras un indice qui te mettra sur sa piste. Mais attention : lis bien les quatre livres dans l'ordre !
Petit conseil : va vite à la page 75 !

À toi de jouer ! Bon voyage !

Léa

Prénom : Léa

Âge : sept ans

Domicile : près du bois de Belleville

Caractère : espiègle et curieuse

Signes particuliers : ne manque jamais une occasion d'entraîner son frère Tom dans des aventures mouvementées, sans se soucier du danger.

T o m

Prénom : Tom

Âge : neuf ans

Domicile : près du bois de Belleville

Caractère : studieux et sérieux

Signes particuliers : aime beaucoup
les livres, qui l'aident à se sortir
de situations périlleuses.

Résumé du tome 1

★ ★ ★

Tom et sa sœur, Léa, découvrent, au hasard d'une promenade dans les bois, une cabane, perchée dans un arbre et remplie de livres. Ils ouvrent un livre, font un vœu et se retrouvent propulsés au temps des dinosaures. Les deux enfants explorent pas à pas ce monde peuplé de créatures gigantesques... et découvrent un médaillon sur lequel est gravé un mystérieux « M ». À qui appartient-il ?

Tom échappe de justesse à un terrible tyrannosaure grâce à l'aide d'un ptéranodon qui l'emporte sur son dos vers la Cabane magique. Les deux enfants reviennent sains et saufs chez eux.

Les ombres du bois

Tom est réveillé depuis un bon moment, et il n'arrive pas à se rendormir. Il met ses lunettes. Le cadran de son réveil indique 5:30. Bien trop tôt pour se lever.

A-t-il vraiment vécu, hier, cette aventure extraordinaire ? Il faut qu'il en ait le cœur net. Il allume la lampe de chevet, prend son carnet et relit ce qu'il a écrit avant de se coucher :

*Trouvé une cabane
dans le bois.
Plein de livres dedans.*

Mis le doigt
sur une image de ptéranodon.
Fait un vœu.
Transporté au temps
des dinosaures.
Mis le doigt sur une photo
du bois de Belleville.
Fait un vœu.
Revenu à Belleville.

Le garçon remonte ses lunettes sur son nez en soupirant. Qui croirait à une histoire pareille ?

Pas sa mère. Ni son père. Ni son maître, monsieur Watkins.

Il ne peut en parler qu'avec sa petite sœur, Léa. Car elle aussi a été transportée au temps des dinosaures *.

– Tu ne dors pas ?

C'est Léa, qui a entrouvert la porte et entre dans la chambre.

* Lire le tome 1, *La vallée des dinosaures*.

– Non.

– Moi non plus. Qu'est-ce que tu fais ?

Elle s'approche de Tom, prend le carnet et lit.

– Tu n'as pas mis que tu as trouvé une médaille, s'étonne Léa.

– Tu veux dire : un médaillon en or ?

Tom prend son crayon et ajoute :

Trouvé ceci au temps
des dinosaures

– Tu ne dessines pas la lettre M
sur la médaille ? demande Léa.

– C'est un médaillon, la reprend Tom, pas une médaille.

Et il ajoute un M.

– Tu n'écris rien à propos
du magicien ?

– On n'est pas sûrs que ce
soit un magicien !

– Pourtant, quelqu'un a construit cette cabane dans l'arbre. Quelqu'un y a mis les livres. Et quelqu'un a perdu une médaille au temps des dinosaures !

– Médaillon, corrige Tom pour la troisième fois. Je note les faits, pas les suppositions.

– Si on retournait à la cabane ? propose Léa. On verrait si le magicien est un fait ou une supposition !

– T'es pas folle ? Le soleil n'est même pas levé !

– Justement, dit Léa. Le magicien dormira encore, on pourra le surprendre !

– Non, refuse Tom. Ce n'est pas une bonne idée.

Il pense que c'est même une très mauvaise idée ! Et si c'est un méchant magicien ? Et s'il est furieux que des enfants connaissent l'existence de sa cabane ?

– Moi, décide Léa, j'y vais.

Tom regarde le ciel grisâtre, derrière la fenêtre. L'aube va bientôt poindre. Il soupire :

– D'accord, je m'habille. On se retrouve devant la porte du jardin. Ne fais pas de bruit !

– Super ! chuchote Léa en disparaissant sur la pointe des pieds, aussi légère qu'une petite souris.

Tom enfile son bernuda, un pull chaud par-dessus son tee-shirt, et des baskets. Il met son carnet et son crayon dans son sac à dos, et il descend prudemment les escaliers.

Léa l'attend devant la porte. Elle braque le faisceau d'une lampe torche sur le visage de Tom, qui cligne des yeux, ébloui.

– Abracadabra ! lance-t-elle. T'as vu ma baguette magique ?

– Chut ! Tu vas réveiller papa et maman ! Et puis, éteins ça ! Pas la peine de se faire remarquer !

Léa obéit et attache la lampe à sa ceinture par un mousqueton.

Les deux enfants se glissent dehors. Des grillons chantent dans l'air frais du petit matin. Le chien des voisins aboie.

– Tais-toi, Black ! ordonne Léa.

– Dépêche-toi ! grommelle Tom.

Ils traversent au pas de course la pelouse humide de rosée et ne ralentissent qu'en arrivant dans le bois.

– Tu peux allumer la torche, maintenant.

Ils suivent le sentier entre les arbres. Tom retient son souffle. Ces bois tout noirs ne

sont pas très rassurants !

– Hou ! crie Léa en tournant brusquement
la lumière vers son frère.

Le garçon bondit en arrière.

– Arrête tes bêtises ! grogne-t-il.

– T'as eu peur, hein ?

– Ce n'est pas drôle !

Léa dirige le faisceau lumineux vers la
cime des arbres.

– Mais qu'est-ce que tu fabriques ?
– Je cherche la cabane !
La cabane est là, au sommet du plus haut chêne ! Léa éclaire l'échelle de corde qui pend le long du tronc.
– J'y vais ! dit-elle.
Elle accroche la lampe à sa ceinture et commence à grimper.
– Attends ! crie Tom. Et s'il y a quelqu'un dans la cabane ?...
Léa ! Reviens !
Mais Léa a disparu. La lumière a disparu. Tom est seul dans le noir.

Châteaux
et chevaliers

– Il n'y a personne, ici ! lance Léa.

Tom a bien envie de rentrer à la maison. Puis il pense à tous ces livres qui l'attendent, là-haut...

Il monte à l'échelle. À l'horizon, le ciel s'est teinté de rose. C'est l'aube. Tom émerge de la trappe, prend pied sur le plancher et laisse tomber son sac à dos.

Il fait encore très sombre dans la cabane. Léa promène le faisceau de la lampe sur les livres entassés. Elle éclaire un instant l'album sur les dinosaures. C'est celui qui les a transportés à l'époque de ces animaux disparus.

– Tu te souviens du tyrannosaure ?

Tom hausse les épaules sans répondre. Évidemment qu'il s'en souvient !

Comment oublier une rencontre avec un tyrannosaure en chair et en os ? La lumière passe sur le livre contenant les photos de leur région.

– Tu te souviens de la photo du bois de Belleville ?

– Bien sûr, dit Tom. C'est grâce à elle qu'on a pu revenir chez nous !

– Oh ! J'aime trop celui-là ! s'exclame Léa en voyant apparaître dans le rond lumineux un ouvrage intitulé *Châteaux et chevaliers.*

Un signet de cuir bleu dépasse de la tranche. La petite fille ouvre le livre à la page marquée, et découvre une image représentant un chevalier en armure, monté sur un cheval noir qui galope vers un château.

– Referme ce livre, Léa ! ordonne Tom. Je sais ce que tu as en tête.

Léa pose le doigt sur l'image du chevalier.

– Non, Léa, ne fais pas ça !

Mais, déjà, sa sœur déclame d'une voix solennelle :

– Nous souhaitons voir ce chevalier pour de vrai !

– C'est faux ! proteste Tom. On ne souhaite rien du tout !

À cet instant, un coup de vent agite les branches, les feuilles frémissent.

– Oh non ! gémit Tom. Ça recommence !

– Ouais ! crie Léa. Ça marche ! Accroche-toi, Tom !

Le vent souffle de plus en plus fort. Il secoue le chêne en hurlant. Et la cabane se met à tourner. Elle tourne plus vite, encore plus vite, de plus en plus vite. Elle tourbillonne comme une toupie folle. Tom ferme les yeux.

Enfin, tout s'arrête, tout se calme.

Tom ouvre les yeux et frissonne. Le soir tombe. L'air est humide et froid.

Quelque part, un cheval hennit.

– Hiiiiiiiiiiii !

Les deux enfants courent se pencher à la fenêtre. Léa dirige le faisceau de la lampe vers le sol.

– Ce n'est pas possible ! souffle Tom.

– Un chevalier ! murmure Léa.

Un chevalier en armure, monté sur un cheval noir !

– Hiiiiiiiiiiii ! hennit de nouveau le cheval.
– On dirait qu'on est arrivés à cet endroit !
commente Léa en montrant l'image du livre.

Tom observe le
paysage. Au pied d'une colline s'élève un
grand château. Et le chevalier galope vers
le château, comme sur l'image.

– On ne peut pas rester là, déclare Tom. On rentre à la maison et on réfléchit à un plan Il saisit le livre sur leur région, l'ouvre à la page marquée d'un signet rouge. Il pose le doigt sur l'image de leur bois et il commence :

– Je souhaite...

– Non ! crie Léa en lui arrachant le livre des mains. On reste ici ! Je veux visiter le château !

– T'es complètement folle ! Il faut d'abord examiner la situation ! On décidera tranquillement à la maison !

– On décide ici, et tout de suite !

– Allons, dit Tom, donne-moi ça !

Léa tend le livre à son frère, raccroche la lampe à sa ceinture et grommelle :

– D'accord, rentre si tu veux. Moi, je reste.

– Arrête tes bêtises ! grogne Tom.

– Je vais juste jeter un coup d'œil ! dit Léa.

Et elle commence à descendre.

Tom bougonne entre ses dents. Sa sœur a gagné, comme toujours. Il ne peut quand même pas rentrer sans elle ! De toute façon, il ne sera pas fâché de visiter le château, lui non plus.

Il repose le livre sur leur région. Il fourre celui sur les chevaliers dans son sac à dos. Il passe par la trappe et descend à son tour dans l'air frisquet. Il remarque qu'une fois encore l'arbre où est perchée la cabane est différent. C'est bien un chêne, mais ce n'est plus le même chêne.

3

Le pont~levis

Léa est au pied de l'arbre. Elle regarde l'étrange paysage où traînent des lambeaux de brouillard. Elle annonce :

– Le type en armure, il se dirige vers le pont, là-bas. Le pont qui mène au château. Viens ! On n'a qu'à le suivre !

– Une minute, dit Tom. Passe-moi d'abord la lampe, je voudrais vérifier quelque chose dans le livre.

Il le sort du sac, l'ouvre à la page marquée par le signet de cuir, et lit la légende écrite sous l'image :

Voici un chevalier en armure, comme on en portait à la guerre ou lors des tournois. L'armure était composée de plaques d'acier. Elle pouvait peser jusqu'à vingt-cinq kilos !

« Ouh là là ! se dit Tom. Pour monter à cheval avec un habit d'acier de vingt-cinq kilos, il fallait être costaud ! »

Il attrape son carnet et son crayon. Il va prendre des notes, comme il l'a fait pendant leur voyage au temps des dinosaures. Il écrit :

Lourde armure.

Quoi d'autre ?

Il feuillette le livre et trouve une image montrant l'ensemble d'un château et les bâtiments qui l'entourent.

– Le chevalier traverse le pont, observe Léa. Il passe la porte... Ça y est, je ne le vois plus !

Tom regarde l'image et lit la légende :

Un fossé rempli d'eau, appelé
« les douves », entourait le château.
Lorsque le pont-levis était relevé,
personne ne pouvait entrer
dans le château.

Tom note dans son carnet :

Profondeur des douves ?

À cet instant, une sonnerie de trompettes
éclate derrière les murailles.
– Tu as entendu ? s'écrie Léa. Il doit y avoir
une fête ou quelque chose ! Allez, viens !
Moi, je veux voir comment c'est dans le
château, pas dans les pages du livre !
Son frère n'écoute rien, bien trop passion-
né par sa lecture. Il s'exclame soudain :
– Hé, Léa, tu savais ça ? Ces espèces de

dents de pierre qui avancent, sous les créneaux, ça s'appelle des mâchicoulis ! Et il lit à voix haute :

Depuis les trous des mâchicoulis, on pouvait faire tomber des projectiles sur la tête des assaillants en cas d'attaque.

– Ouais ! rigole Tom. Et aussi de l'huile bouillante ! T'entends, Léa ? Léa ?

Mais Léa n'est plus là. Où est-elle encore partie ?

– Léa !

Tom la cherche partout du regard. À travers le brouillard, il voit les vrais remparts, les vrais créneaux, les vrais mâchicoulis. Il voit les vraies douves et le vrai pont-levis. Et sur le pont-levis, il voit la silhouette de Léa qui s'avance !

– Léa !

Au moment où retentit une nouvelle sonnerie de trompettes, la petite fille pénètre dans le château.

4

Une fête
au château

– Je vais la tuer ! grommelle Tom.

Il remet le livre et le carnet dans son sac.
Il éteint la lampe et se dirige vers le pont-
levis. Il fait de plus en plus sombre. Pas de
doute, ici, c'est le soir !

Tom s'engage prudemment sur le pont-
levis. Les planches craquent sous ses pas.
Pourvu que personne ne l'entende !

Il se penche pour regarder les eaux noires
des douves, au-dessous de lui. Est-ce pro-
fond ? Il ne saurait le dire.

– Qui va là ? crie soudain une grosse voix

menaçante du haut du rempart.

Un garde l'a repéré ! Tom s'élance, franchit le portail, se glisse dans un coin et se tapit dans l'obscurité. Mais où est Léa ?

Des torches éclairent vaguement une grande cour. Deux jeunes garçons passent, menant des chevaux par la bride.

– Hiiiiiiiiiiiiii !

Ce cheval noir, Tom le reconnaît ! C'est

celui du mystérieux chevalier !

– Pssssst !

Tom avance un peu la tête. Léa est là, blottie derrière un puits, au centre de la cour. Tom attend que les garçons d'écurie se soient éloignés, puis il fonce vers le puits.

Des lueurs dansent derrière les étroites fenêtres d'un bâtiment. On entend des éclats de voix, de la musique et des rires.

– Il y a une fête, là-bas, chuchote Léa. On va voir ?

– D'accord, soupire Tom. Mais soyons prudents !

Sur la pointe des pieds, ils traversent la cour pavée, gravissent quelques marches

et entrent dans le château.
Au bout d'un corridor,
une porte s'ouvre sur une
salle pleine de lumière.

– Le seigneur donne un
festin dans la grande
salle du château,
murmure Tom. J'ai
lu ça dans le livre,
tout à l'heure.

– Viens, on va voir !
s'impatiente Léa.

Ils s'approchent
avec précaution et
jettent un coup d'œil
par l'ouverture.

La salle est immense.
Au fond, un feu brûle
dans une énorme chemi-
née. Des tapisseries recou-
vrent les murs. De nombreux

convives sont assis devant de longues tables couvertes de plats de viande et de coupes de fruits. Les hommes portent des tuniques bordées de fourrure, et les femmes sont coiffées de hauts chapeaux en forme de cornes ou d'ailes de papillons. Dans un coin, des musiciens jouent en pinçant les cordes de drôles d'instruments ressemblant un peu à des guitares. Au centre de la salle, des saltimbanques jonglent avec des balles et des torches enflammées.

– Je me demande si le chevalier est là, murmure Tom.

– Je ne le vois pas, dit Léa.

– Oh ! Ils mangent avec
leurs doigts !
Une sonnerie de trompettes
éclate. Elle annonce l'arrivée de
serviteurs chargés de plateaux.
– Ça alors ! s'exclame Léa. Ils apportent
un cochon entier ! Et même un cygne avec
ses plumes !
À cet instant, une voix courroucée les
interpelle :

– Qu'est-ce que vous faites là, garnements ?
Tom se retourne. Un homme les fixe d'un
regard soupçonneux.
– Vite, Léa ! lâche Tom. On file !
Les deux enfants galopent à toutes jambes
le long du sombre corridor.

5

Pris au piège !

– Plus vite ! crie Léa.

Tom accélère. Est-ce que l'homme les a suivis ?

– Vite ! crie encore Léa en poussant une porte.

Ils pénètrent dans une pièce noire et froide. Ils claquent la porte derrière eux.

– Passe-moi la lampe ! chuchote Léa.

Tom la lui tend. Elle l'allume.

Aaaaaah ! Une rangée de chevaliers en armure leur fait face ! Léa éteint la lampe.

Ils se figent, le cœur battant.

Pas un mouvement, pas un bruit.

Léa rallume.

– Ce ne sont que des armures ! dit Tom. Éclaire-moi, que je regarde dans le livre.

Il sort le livre de son sac, le feuillette et déclare enfin :

– On est dans l'armurerie. C'est là que sont rangées les armures et toutes les armes.

Léa promène le faisceau de la lampe autour d'eux. Les plaques d'acier brillent. Des heaumes sont alignés sur des étagères. Aux murs pendent des épées, des haches, des boucliers et des masses d'armes. Soudain, des voix s'élèvent dans le corridor.

– Cachons-nous ! souffle Léa.

– Attends, je veux d'abord vérifier quelque chose.

– Dépêche-toi !
– J'en ai pour une seconde.
Tom soulève un casque.
Il l'enfile. La visière
se referme avec
un bruit
sec.

Oh là là ! Comment les chevaliers arrivaient-ils à se battre avec ce truc sur la tête ? Ça pèse des tonnes ! Et, en plus, on n'y voit rien !

– Tom ! chuchote Léa, affolée. Les voix se rapprochent !

– Éteins la lampe !

La voix de Tom résonne drôlement dans sa prison de métal. Le garçon essaie d'enlever le casque. Impossible ! Il s'énerve, perd l'équilibre, se raccroche à une armure, qui s'écroule avec fracas. Tom se retrouve par terre, lui aussi. Il veut se relever, mais sa tête est trop lourde. Il entend une exclamation.

Quelqu'un l'attrape par le bras, lui retire le heaume. Et l'éclat d'une torche – pas du tout électrique, celle-là ! – le fait cligner des yeux.

6

Abracadabra !

Dans la lumière dansante, Tom découvre devant lui trois colosses. Le premier brandit la torche et le fixe de ses petits yeux qui louchent. Le second, celui qui le tient par le bras, a un large visage rouge. Le troisième porte de longues moustaches. Celui-là a agrippé Léa, qui se débat de toutes ses forces et lance des coups de pied.

– Qui êtes-vous ? demande Gros-Rougeaud. Des voleurs ? Des espions ?

– Allez, on les arrête ! décide Œil-qui-Louche.

– C'est ça, approuve Longues-Moustaches.
On les emmène au donjon !

Les gardes traînent les enfants hors de
l'armurerie. Tom se retourne et jette un
regard affolé derrière lui : son sac à dos
est resté là-dedans !

– Avance ! grogne Gros-Rougeaud.

Ils suivent un immense corridor,
obscur et froid. Ils descendent ensuite un étroit escalier plein de cou-
rants d'air. Léa se débat en criant :

– Laissez-nous, espèces d'affreux !
On n'a rien fait !

Les gardes se contentent de rire.

En bas des escaliers, il y a une
lourde porte de fer, fermée par
une barre. Œil-qui-Louche ôte la
barre. Il pousse le battant de la
porte, qui s'ouvre en grinçant.

Tom et Léa sont jetés dans un
cachot glacial. La lumière dansante

de la torche éclaire des chaînes fixées aux murs humides. Des gouttes d'eau tombent du plafond et forment de petites flaques sur le sol pavé. C'est l'endroit le plus repoussant que Tom ait jamais vu !

– On les gardera ici jusqu'à la fin de la fête, décide Œil-qui-Louche. Ensuite, on les amènera à notre duc. Ils verront comment il traite les voleurs !

– On aura une jolie pendaison, demain ! ricane Gros Rougeaud.

– Si les rats ne les ont pas mangés avant, s'esclaffe Longues-Moustaches.

Tom remarque alors

que Léa tient son sac à dos. Elle l'ouvre tout doucement.

– Allez, dit Gros-Rougeaud, on leur passe les chaînes !

Au même instant, Léa sort la lampe électrique du sac.

– Abracadabra ! lance-t-elle.

Et elle appuie sur l'interrupteur. La lumière jaillit. Les trois gardes poussent un cri d'effroi et bondissent en arrière. Œil-qui-Louche laisse tomber sa torche, qui s'éteint en grésillant dans l'eau d'une flaque.

Brandissant sa lampe d'un air menaçant, Léa ordonne :

– À genoux, vous autres ! Ou je vous fais disparaître d'un coup de baguette magique !

Tom en reste bouche bée.

L'un après l'autre, Léa les aveugle avec sa lampe. Et tous les trois se couvrent le visage de leurs mains en gémissant.

– À genoux, j'ai dit !

Les gardes se laissent tomber sur le sol trempé. Tom n'arrive pas à en croire ses yeux.

– On file ! chuchote Léa.

Tom regarde la porte grande ouverte. Puis il regarde les hommes prosternés, tout tremblants.

Vite, les deux enfants sortent de l'oubliette et remontent quatre à quatre l'escalier du terrible donjon.

Le passage secret

Déjà, des clameurs résonnent derrière eux. Quelque part, des chiens aboient.

– Ils vont nous rattraper ! panique Léa.

– Par là ! souffle Tom en s'engouffrant dans un corridor.

Ils poussent une porte et se retrouvent dans une pièce obscure. Tom referme la porte derrière eux. Léa promène le faisceau de la lampe autour d'elle, éclairant des rangées de sacs et de tonneaux.

– Éclaire-moi, dit Tom. Je vais regarder dans le livre.

– Chut ! fait Léa. Quelqu'un vient !
Elle éteint la lampe, et tous deux se collent
contre le mur, de sorte que le battant de la
porte les dissimule en s'ouvrant.

Les flammes d'une torche illuminent un
instant la pièce. Puis elles s'éloignent, et
la porte claque.

– Ouf ! soupire Tom. Ne restons pas là, ils pourraient revenir.

Il sort le livre de son sac, et le feuillette d'une main tremblante :

– Voilà ce que je cherchais ! C'est un plan du château. Regarde, on doit être là, dans un cellier, un endroit où on garde les provisions. Tu vois ?

Ce sont des sacs de blé, des tonneaux de vin ou de viande salée !

– On s'en fiche, Tom ! Il faut s'en aller d'ici avant qu'on nous rattrape !

– Alors, on grimpe sur ce rempart, jusqu'au chemin de ronde !

– Sur le rempart ? T'es fou ! Si les gardes

nous prennent, ils vont encore nous enfermer dans cet affreux cachot !

– Ne t'inquiète pas, et suis-moi !

Tom referme le livre, le range dans le sac, remet le sac sur son dos et ouvre prudemment la porte :

– Personne ! Viens, on y va !

Et il commence à remonter l'escalier en colimaçon. Léa trébuche dans l'obscurité et grogne :

– On n'y voit rien ! Tant pis, je rallume la lampe !

Un rond de lumière pâle éclaire à peine les marches de pierre.

– Zut ! Les piles sont presque mortes !
Ils franchissent un palier, un autre.
– C'est haut, râle Léa, essoufflée. T'es vraiment sûr que...
– Chut ! On y est presque. Plus qu'un étage !
À cet instant, la lampe s'éteint. Un vent froid s'engouffre dans l'escalier et les fait frissonner. Ils escaladent les dernières marches à tâtons. Enfin, un morceau de ciel étoilé apparaît, dans un rectangle de pierre : une porte !

Tom et Léa passent la tête par l'ouverture. Ils sont sur le chemin de ronde. Ils écoutent. Pas un bruit. Ils avancent sur la pointe des pieds. Personne.

– Bon, fait Léa. Maintenant, tu m'expliques comment on s'en va d'ici ?

– Facile, dit Tom. On redescend !

– Quoi ? Pourquoi on est montés, alors ?

Tom rit tout bas :

– Parce que, dans le livre, j'ai lu quelque chose de très intéressant !

Il regarde autour de lui et désigne un carré de pierres, quelques mètres plus loin :

– Ouais ! Il est là ! Le passage par où on va s'échapper !

Et Tom récite :

Les assiégés pouvaient s'enfuir par des ouvertures creusées dans le chemin de ronde, les glissières, qui aboutissaient dans les douves.

– Des... glissières ? répète Léa, pas très convaincue.

– Ben oui. Ça doit être une sorte de toboggan !

– Moi, j'aimerais mieux repasser par la cour !
Mais des pas lourds résonnent dans
l'escalier. Les gardes ont retrouvé leur
piste ! Ils arrivent !

– Dépêche-toi ! s'affole Tom.

Il ajuste le sac sur son dos, prend sa sœur
par la main et l'entraîne vers une espèce
de trou carré.

– Vas-y, je te suis !

– Mais, Tom...

– On les tient, ces sales petits voleurs !
lance une grosse voix.

Léa n'hésite plus. Elle ferme les yeux et
saute dans le trou.

Elle glisse, elle glisse. Il lui semble que
sa chute ne finira jamais. Elle entend Tom
crier derrière elle. Soudain, elle tombe
dans le vide.

SPLASH !

8

Le chevalier

Léa s'enfonce dans une eau noire et froide. Elle donne de grands coups de pied pour remonter à la surface. Elle tousse, crache, et appelle :

– Tom ?

SPLASH !

Son frère est tombé près d'elle. Dans la pâle lumière de la lune, elle l'aperçoit qui émerge. D'une main, il tient ses lunettes, et de l'autre, il rame pour se maintenir sur l'eau :

– On est dans les douves !

– J'espère qu'il n'y a pas de bêtes, dedans !

– Mais non ! Juste des grenouilles ! Nage ! Il faut sortir de là !

Alourdis par leurs vêtements trempés, ils se débattent comme des petits chiens.

– Elle est où, la rive, Tom ? Il y a trop de brouillard !

– Courage, on y est presque.

À cet instant, un drôle de clapotis agite l'eau, juste à côté. Pas de bêtes, dans les douves ? Tom n'en est plus si sûr, tout à coup ! Il essaie de nager plus vite.

Soudain, il touche quelque chose de lisse et de froid :

– Aaaaaaah !

– C'est moi, Tom ! Je suis sur la rive. Attrape ma main !

Léa tire son frère, et ils s'écroulent, haletants et trempés, sur l'herbe humide.

Sauvés !

Dans le brouillard, la haute silhouette du château s'élève comme un fantôme, au-dessus des douves.

– On... on a réussi ! fait Léa en claquant des dents.

– Oui..., on... on s'en est sortis ! Mais où est-on ?

Le brouillard a tout avalé. Où est le pont-levis ? Où sont les remparts ?

Et où est le chêne avec la cabane magique ? Léa n'a pas lâché la torche. Mais elle a beau appuyer sur l'interrupteur, pas de lumière. Pris au piège ! Pas dans un sinistre donjon, cette fois, mais dans la nuit glaciale d'une époque lointaine !

– Hiiiiiiiiiiiiiiii !

Un cheval hennit, tout près de là. Un coup de vent chasse les nuages. Une grosse lune ronde apparaît dans le ciel et verse sur le brouillard une clarté blanche comme du lait. Et le chevalier est là.

Il est là, immobile sur son cheval noir. Son armure luit sous la lune. La visière de son heaume est baissée, et on ne voit pas son visage. Mais Tom et Léa savent bien qu'il les regarde.

9

Sous la lune

Les deux enfants restent pétrifiés.

Le chevalier lève sa main gantée de fer.

– Viens, Tom, murmure Léa. Il veut nous aider !

– Comment tu le sais ?

– Je le sens, c'est tout !

Léa avance de quelques pas. Le chevalier met pied à terre. Il soulève la petite fille et la pose sur le dos du cheval.

– Viens, Tom, répète Léa.

Tom s'approche lentement, comme dans un rêve. Le chevalier le soulève à son tour

et l'installe derrière Léa. Puis il se remet en selle et secoue les rênes. Le cheval s'élance au petit galop le long des douves. Tom se laisse emporter. Le vent ébouriffe ses cheveux. Il se sent brave, magnifique, invincible !

Il lui semble qu'il pourrait chevaucher ainsi jusqu'au bout du monde avec le mystérieux chevalier. Au-delà des terres, au-delà des mers, jusqu'à la Lune !

Un hibou ulule au loin.

– La cabane magique est là-bas ! crie Léa.

Le chevalier mène son cheval vers la lisière d'un bois. Ils pénètrent sous les arbres.

– La voilà !

Le chevalier arrête sa monture sous le chêne. Il met pied à terre et aide Léa à descendre.

– Merci, Monseigneur, dit-ellc en faisant une révérence.

Puis, c'est au tour de Tom.

– Merci, dit-il en s'inclinant. Le chevalier se remet en selle. Il lève sa main gantée de fer, il éperonne son cheval et disparaît dans le brouillard.

Léa empoigne l'échelle et commence à monter. Tom la suit. Quand ils arrivent dans la cabane, ils courent à la fenêtre et regardent. Des lambeaux de nuages passent devant la lune. Un bref instant, Tom croit voir l'armure du chevalier étinceler, très loin, au sommet de la colline.

Puis la lune disparaît complètement derrière les nuages, et tout s'efface.

– Il est parti, murmure Léa.

Tom grelotte, dans ses vêtements trempés.

– Moi aussi, j'ai froid, dit Léa. Où est le livre avec l'image de notre bois ?

Tom entend sa sœur remuer les livres dans le noir.

– Je crois que c'est celui-ci. Je sens un marque-page en soie.

Tom n'écoute qu'à moitié. Il espère voir encore une fois l'armure du chevalier briller quelque part au fond de la nuit.

– Je vais essayer avec celui-là, marmonne Léa, ça doit être le bon.

Elle pose le doigt sur la page marquée par le signet de soie et déclare à voix haute :

– Je veux retourner tout de suite dans le bois de Belleville !

Le vent se met à souffler doucement.

– J'espère que j'ai désigné la bonne page sur le bon livre ! murmure Léa.

Tom se retourne brusquement :

– Comment ça, la bonne page, le bon livre ?

Le vent souffle plus fort. Lentement, la cabane se met à tourner.

– Pourvu que je n'aie pas mis la main sur le livre des dinosaures ! reprend Léa.

– STOOOOOP ! crie Tom.

Trop tard ! La cabane tourne plus vite, de plus en plus vite. Le vent hurle.

Et soudain, c'est le silence.

Un silence total.

Un petit
bout du mystère

Il fait doux. L'aube se lève. Un chien aboie au loin.

– C'est Black ! dit Léa. On est revenus chez nous ! Enfin, j'espère...

Ils se penchent à la fenêtre.

– On a de la chance ! murmure Tom.

Là-bas, les réverbères de leur petite ville sont encore allumés. Au premier étage de leur maison, la lumière brille à l'une des fenêtres.

– Aïe ! gémit Léa. Papa et maman ont l'air d'être réveillés ! On a intérêt à se dépêcher !

– Attends, dit Tom.

Il ouvre son sac à dos ; il en sort le livre sur les châteaux forts, tout trempé. Il le replace parmi les autres livres.

– Vite, Tom ! le presse Léa, déjà sur les premiers échelons. Son frère descend derrière elle. Dès qu'ils ont mis le pied par terre, ils s'élancent au pas de course.

Ils remontent le sentier dans les bois, ils cavalent le long des rues désertes.

Ils poussent la barrière de leur jardin, traversent la pelouse, foncent vers la porte de derrière et se glissent dans la maison.

– Les parents ne sont pas encore descendus, chuchote Léa.

– Ouf ! souffle Tom.

Il se dirige prudemment vers les escaliers. Personne en bas. Mais on entend l'eau couler dans la salle de bain.

Que leur maison est différente du froid et sombre château ! Tout y est tellement confortable !

Arrivée devant sa porte, Léa fait un petit signe à son frère, puis elle disparaît dans sa chambre. Tom entre vite dans la sienne. Il enlève ses vêtements trempés et enfile son pyjama bien sec.

Il s'assied sur le lit et ouvre son sac à dos. Il en sort son carnet mouillé. Il fouille au

fond pour trouver son crayon. Sa main
touche alors quelque chose.

Tom retire du sac le signet de cuir bleu. Il
a dû tomber du livre sur les châteaux forts.
Tom approche le marque-page de sa
lampe pour mieux le regarder. Le cuir est
usé et un peu déchiré, il a l'air très ancien.
Une lettre est imprimée dessus.

Un grand M !

Tom ouvre le tiroir de sa table de nuit et prend le médaillon. Il compare les deux lettres. Voilà qui est intéressant...

Le même M sur le médaillon et sur le marque-page ! La personne qui a laissé tomber son médaillon au temps des dinosaures est donc bien le propriétaire des livres de la cabane dans l'arbre !

Seulement, qui est cette personne ? Le mystère reste entier.

Tom dépose le signet et le médaillon dans le tiroir, qu'il referme.

Il s'allonge sur son lit. Puis il prend son crayon, et sur la page la moins mouillée de son carnet, il essaie de noter cette nouvelle information :

Le même...

Mais, avant qu'il ait tracé le grand M, ses yeux se ferment.

Tom rêve. Il rêve qu'il est de nouveau en selle avec le chevalier. Le cheval noir les emporte au galop dans le brouillard et dans la nuit. Et, très haut dans le ciel, la lune ronde les regarde.

À suivre...

Collectionne tes *indices*

Découvre qui est le mystérieux propriétaire
de la Cabane magique en complétant cette page
à chaque aventure de Tom et Léa.

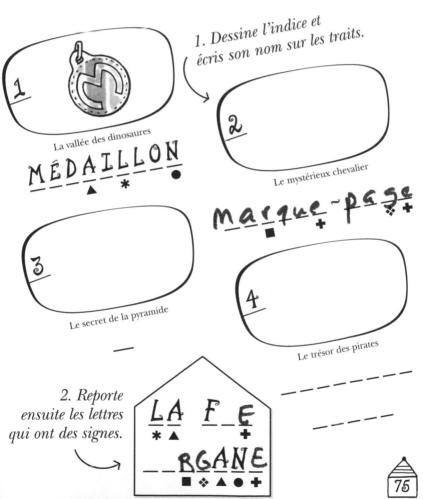

*1. Dessine l'indice et
écris son nom sur les traits.*

La vallée des dinosaures

MÉDAILLON
_ _ _ _ _ _ _ _ _
  ▲   *   ●

Le mystérieux chevalier

marque - page
_ _ _ _ _ _ _ _ _
    ■   +   ❖ +

Le secret de la pyramide

Le trésor des pirates

*2. Reporte
ensuite les lettres
qui ont des signes.*

LA F E
_ _   _ _
* ▲   +

RGANE
_ _ _ _ _ _
■ ❖ ▲ ● +

Découvre vite la suite
des aventures de Tom et Léa dans
Le secret de la pyramide.

La Cabane magique

propulse
Tom et Léa
dans l'Égypte
ancienne

★ 3 ★
La maison de la mort

– Le chat est entré là ! s'exclame Tom.

Les deux enfants se penchent vers l'ouverture. Dans l'obscurité, ils devinent un long corridor.

Des torches éclairent les murs et font danser les ombres.

– On le suit, décide Léa.

– Attends ! la retient Tom.

Il sort le livre et le feuillette jusqu'à ce qu'il trouve le chapitre consacré aux pyramides. Il lit à haute voix :

Les pyramides étaient aussi appelées « Maisons de la Mort ». C'étaient les tombeaux des pharaons et des membres de la famille royale, dont les corps reposaient dans les chambres funéraires.

– Bon, conclut Léa. Il faut trouver une chambre funéraire si on veut voir une momie !

Tom prend une grande inspiration, et il pénètre dans l'inquiétant corridor, laissant derrière lui la lumière et la chaleur.

★ ★ ★ ★ ★ ★ ★ ★ ★ ★

Quel silence ! Les murs, le sol, le plafond, tout est en pierre. Le couloir monte en pente douce.

– Avance, Tom, le presse Léa.

– On y va ! Mais reste bien derrière moi, ne fais pas de bruit, ne parle pas, ne...

– Oui, oui ! J'ai compris ! Avance ! grogne sa sœur en le poussant dans le dos.

Tom gravit lentement la pente. Où est-il, ce drôle de chat ? Le couloir s'enfonce au cœur de la pyramide.

– Attends, dit Tom. Je jette un coup d'œil sur le livre.

Il le sort de son sac, l'approche d'une torche accrochée au mur et le feuillette pour trouver la description de l'intérieur d'une pyramide.

– La chambre funéraire est au centre, là, explique-t-il en montrant une image. C'est tout droit !

Tom referme le livre, le coince sous son bras et se remet en marche.

Bientôt, le couloir cesse de monter. Une odeur de moisi et de renfermé flotte dans l'air. Tom consulte de nouveau le livre et déclare :

– On ne doit plus être bien loin. Tu vois ce plan ? Le corridor grimpe, puis devient horizontal. Et on arrive devant la chambre !

À cet instant, un long cri résonne lugubrement entre les murs de pierre. D'effroi, Tom lâche son livre. Léa s'accroche au bras de son frère. Une forme blanche sort de l'ombre et flotte lentement vers eux. Une momie !

– Elle est vivante ! souffle Léa.

**Tom et Léa réussiront-ils
à sortir de la pyramide ?**

**Trouveront-ils
un nouvel indice
sur le propriétaire de la cabane ?**

★ ★ ★ ★ ★ ★ ★ ★ ★ ★

Si tu as envie de nous donner
tes impressions sur la série
ou nous parler de tes propres voyages,
réels ou imaginaires,
n'hésite pas à nous écrire !

Bayard Éditions
Série Cabane Magique
18, rue Barbès
92128 Montrouge Cedex

N'oublie pas d'écrire
ton nom et ton adresse sur la lettre !